날 두고 가라

박덕규

곰곰나루시인선 001

날 두고 가라

박덕규

곰곰나루

시인의 말

1984년 첫 시집을 내고 30년 뒤인 지난 2014년 둘째 시집을 냈다. 그리고 2019년이니 5년이란 햇수만 보면 시인으로서 이제 겨우 평균 궤도에 든 게 아닌가 싶다.

물론 속사정은 그렇지 않다. 중심을 잡지 못하고 이것저것에 얕게 간섭하는 습관이 시 쓰는 데도 그대로라는 게 확인되는 부끄러운 자리가 됐다. 편수는 되겠다 싶으나 막상 내놓으려니 '모양빠지는' 것도 있어 여러 편을 버렸고, 발표하지 않은 날것 몇 편을 끼워보기도 했다. 그렇게 모은 60편을 나름대로 주제를 고려해 다섯 덩어리로 나누었다.

만나는 범위가 넓어진 만큼 고독은 깊어지지 않았다. 여유 없이 모나기만 하다가 혼자 지쳐버린 그런 표정은 될 수 없다고 우겨보는 나날이다.

2019년 11월 박덕규

날 두고 가라

차례

시인의 말 5

제1부

제3부

제4부

제1부

봄

기다리지 않아도 봄은 온다
아니다 봄은
기다린 사람의 것이다
아니다 봄은
기다린 사람이
기다릴 수 없는 사람을
찾아가는 것이다

문을 밀면 봄이다
유리창에 핀 성에꽃을
눈물로 닦는 사람이 있다

혈서
- 손창섭을 생각하며

뎅겅 잘렸다 해서
이 모가지로
혈서를 쓸 수는 없어요.

몸뚱어리에
잠깐이라도 되붙여 주신다면
제대로 피를 만들어볼게요.

꽃

꽃을 자랑 마라.
꽃은 어디든 핀다.
적도에도 꽃이 피고
남극에도 꽃이 핀다.
바위에도 꽃이 피고
소금에도 꽃이 핀다.

내가 죽고
네가 핀다.

날 두고 가라

내 팔짱 끼지 마.
네 눈을 내가 보고 있다고 믿지 마.
네가 가리키는 저 언덕으로
함께 갈 거라 착각하지 마.

휘날리는 깃발 따라
여린 신발들 몰려간 뒤 그
자욱한 연기 속에 내가 남은 거야.
나는 몸통이야.

눈 내리는 정거장에서
막차를 기다리던 항아리가 아니야.
긴 그림자 늘여놓고
허공을 유혹하던 그런 노래 아니야.

폭풍에 쓸린 등뼈를 하얗게 드러내고
땅 밑을 흐르는 먼 소리를 들으며
나 여기 서 있어.
날 두고 가라.

사랑의 맹세

꽃잎 떨어지고
꽃잎 떨어지고

노을 지고
저 달이 떴습니다.

아직은 그 누구에게도 기도할 뜻
없습니다.

아직은 그 누구도 용서할 마음
없습니다.

달빛 아래 파랗게 날을 벼리고
다시
당신에게 고백하고 싶습니다.

바닥에서

철저하지는 못하고
처절하기는 했다.

남루하다 못해
비루한 거였다.

삶이
문학이 그랬다.

바닥을 치자
천장이 울었다.

촛농 떨어져
부은 발등으로

저 아득한
먼지 속으로

나는
쌓여 가는 것!

방파제에서

파도는 막아도
마음은 열어야 한다.
대책 없이 밀려드는 그리움을
가슴에 그냥 사무치게 하는 거다.

김치를 보내준다는 말을 듣고서야
냉장고가 꽉 차 있다는 걸 생각했듯이
몇날 며칠 코끝으로 흥얼거린 노래는
군대 시절 목 터지게 부르던 전쟁가요였던 거다.

내가 먼저 죽고
그 사람이 오래 살 수도 있는 거다.
저렇게 장엄한 노을이
내 생의 배경이 되는 날도 있는 거다.

등이 아픈 사랑

배가 아프면 움켜쥔다.
마음이 아프면 가슴에 두 손을 모은다.

갑자기 코피가 쏟아지면
무식하게
장갑 낀 주먹으로 문댈 수도 있다.

등이 아프면
등이 아프면
거북처럼 바닥에 발랑 뒤집어져
허연 배 다 드러내고 버둥거려도

아픈 등은
아픈 데는
안 아파지지 않는다.

시월 논문

시월에 결실을 기도하듯이
시월에 또 다른 혁명을 모의하듯이
시월에 나는 논문을 쓴다.

시월 하늘에
시월 바람에
시월 사이에 논문을 쓴다.

시월에 떠난 사랑을 그리워하듯이
시월에 만난 사랑을 가슴 벅차하듯이
시월에 나는 논문을 쓴다.

시월에 빙하의 하늘에 별이 돋듯이
시월에 적도의 끝에 구름이 머물 듯
시월에 나는 논문을 쓴다.

시월에 배반의 아픔을 머금고
시월에 예언의 시를 읊으며

시월에 나는 논문을 쓴다.

시월에 이렇게 온 것처럼
시월에 이렇게 떠나가듯이
시월에 나는 논문을 쓴다.

온몸으로 아주 온몸으로

아 가까운 곳에서
정말 가까운 곳에서 몸이 아파오는데
병원은 아주 멀리 있구나.

저 먼 병원까지
앞에서 끌어주고 뒤에서 밀고 갈 수밖에 없구나.
앞에서 끌어주고 뒤에서 밀고 가다가 발이 꼬여
서로 한바탕 삿대질을 하고 갈 수밖에 없구나.

폭설 내린 날 차 없는 귀갓길처럼
병원은 아득히 있고
우리는 무릎이 깨진 채 걷고 있구나.

잿빛 하늘에
기러기 나는구나.

가까운 곳에서 아주 가까운 곳에서
질병이 종양을 싣고 와 있는데

우리는 현금서비스도 못 갚고 보험통장도 없이

온몸으로 아주 온몸으로
가고 있구나.

카인과 아벨

제게 형이 둘 있다는 거 아시죠?

물론 한 분은 돌아가셨지만.
요절하신 건 아니고요.
참 괜찮은 분이었죠.
어느 날부터 시름시름 앓다가 결국.
처음에는 잊지 못해 힘들었는데.

사실 떠난 분을 그리워하고 있을 새도 없었죠.
지금 제 곁에 있는 형 때문에요.
이분은 질투가 심해요.
제가 한눈팔 틈이 없죠.

깨어 있는 동안 저는 이 형의 노예가 되죠.
자다가도 이 형 때문에 가위눌릴 때가 많아요.
그래도 저는 이 형을 버릴 수가 없어요.
이 형이 죽는 날이 제가 죽는 날이니까요.

돌아가신 분 이름은
이상형
이라고 하고요.

이름 좋죠?
대신 지금 제 곁에 있는 형은
이름이 좀 뭣한데,

생계형
이라고 해요.

따지고 보면 고마운 분이기도 하죠.
이 형만큼 절 살아 있게 만드는 분도 없으니까요.

가끔 자기 전에 이분 몰래 먼저 가신 형을 떠올리면
이분이 어김없이 눈을 부라리며 나를 족쳐요.
그러면 저는 잠시 눈을
꾸욱

감아버린답니다.

지금, 제 말
들리세요?

지역구

열변에 감동했습니다.

우리 마을을 위해
그렇게 좋은 일을 많이 생각해오셨다니요.

우리 골목에도 볕들 날 있는 거죠.

평생 마늘하고 쑥만 먹다
이제 쌀밥하고 고기도 좀 먹게 된 것 같아요.

가슴이 벅차오르네요.
사람이 된 듯한 기분입니다!

아,
그런데

혹시
지역구가 이 동네 아닌 거 아니에요?

태극기 휘날리며

연휴 첫날, 새벽에 깼다 다시 누워 늦잠 잤는데
그때, 유 장관한테 전화 받는 꿈을 꾼 거야.
무슨 말을 주고받았는지 기억나지 않는데
아무래도 새 정부에 입각할 준비를 하라는 뜻인 것
같더라구.

모처럼 머리 빗질도 해봤지.
안 쓰던 면도용 거품비누도 꺼내 봤어.
내가 덜 유명해서 언론에서는 뭐라고 떠들 게 없을
거야, 아마.
청문회는 뭐 털릴 게 있을라구.

한때 신랄하게 정부 비판을 하던 일이야 이념 전향
한 걸로 하면 되는 거고.
내가 육군 병장 출신인 데다 순 국내파 아들은 확실
한 청각질환으로 사회복무요원이 됐으니 병역 비리 같
은 건 생길 수가 없지.
숨은 재산은 차제에 어디 숨어 있던 게 제발 좀 나

왔으면 좋겠고. 논문 표절? 그건 걸릴 게 없어. 남의 걸 출처 밝혀서 인용하는 데는 우리 아주 이골이 난 사람들 아냐?

십수 년째 한 번도 국민투표를 하지 않은 건, 누가 알 게 뭐냐. 알더라도, 정치 혐오감 때문이었다고 당당히 밝히지 뭐. 이번에 국민들에게 사랑받는 정부를 만드는 데 일조하겠다고 하면 도리어 호감을 얻지 않겠어? 연이은 부도로 해외를 떠돌아 다니고 있는 동생 얘기는 아예 먼저 밝혀서 우리나라의 악화된 경제 사정을 강조할 소재로 삼으면, 전화위복도 기대할 수 있을 테고.

그러고, 뭐가 또 있나 곰곰 따져봤지. 그래, 또 있더라구.

결혼하고 나서 집에 태극기 한 번 안 달고 산 걸 누가 알면 골치 아플 것 같더라구. 서민 아파트를 전전하며 살았다고 해도 변명은 안 될 거잖아. 태극기도 안 달고 산 놈이 웬 입각이냐고 하겠지.

어제가 국경일인데, 거실 서랍을 다 뒤져도 태극기를 찾을 수 없는 거야.

게다가 우리 집은 주상복합아파트라 베란다 같은 게 없어. 창문틀을 만져봐도 태극기 꽂을 구멍이 있어야 말이지. 글쎄, 구멍이 있는 데서 살아봤어야 뭘 꽂아도 꽂아봤을 거잖아.

근데 태극기는 대체 어디서 사는 거지?

월드컵 때 손에 들고 흔들던 태극기라도 한 장 있었으면 좋을 텐데 말이야.

창에 붙어 서서 그러고 있는데

중화요리를 배달하는 철가방 사내가 오토바이에 태극기를 매달고 아파트 단지 안을 질주하고 있더군.

부르릉거리는 소리는 요란하고 태극기는 잘도 휘날리더라구.

1980년대 황지우 형 시에 말이야, 극장에서 영화보다가 애국가 배경으로 힘차게 비상하는 새떼를 따라 훨훨 세상을 뜨고 싶더라 그랬잖아. 나도 그 휘날리는

태극기 따라
　막 휘날리고 싶더라니까.

　봄은 오고 빚은 깊어지는데 말이야,
　입각이고 뭐고 그냥
　태극기 휘날리며 어디론가 날아가고 싶더라구.

은근하게 치열하게
- 넥타이 1

반지하에 살 때 한 번 물난리를 맞은 적 있지요.
부도가 나서 돈 되는 가재도구를 다 날린 적도 있고요.
책이며 옷이며 두 트럭씩 팔려 나간 적 있어요.
카드 깡으로 쌓인 빚을 사채로 막은 적도 있었지요.

그래도 끝내 곁을 떠나지 않는 것들이 있더군요.
팔기도 주기도 버리기도 뭣한 것들이잖아요.
이것들의 추억이 뱀처럼 엉겨 날 감싸더라고요.
더구나 하나둘씩 새로 늘어나기까지 하더라고요.

매일 아침 거울 앞에서 거울 앞에서
다른 때깔 다른 문양을 골라 매고 서서
매듭은 목젖까지 깔끔하게 조여 올리고
끝은 허리띠에 닿을 듯 말 듯 늘이죠.

은근하게 치열한 이유를 이제 아시겠어요?
품격과 속박 사이의 아득한 감각이랄까요.
거의 유일하게 지속적인 사치라 해도 좋고요.
이게 무너지면 모든 게 끝장이니까요.

제2부

까마귀

너는 내 머리를
떠나지 않는구나.

끝내 나를
파먹으려 하는구나.

유목민

나는 국경을 베개 삼아 누울 거야.
거기서 천천히 숨을 거두는 거지.
늑대가 와서 고개를 갸웃하겠지.
이 친구는 어디서 살다온 놈이지?
독수리는 기다리다 못해 꺽꺽거리겠지.
그 녀석 집이 원래 거기였다구!

국적

나는 한국계이고 싶다.
오년이나 십년에 한 번만
한국에 가고 싶다.

부모님 중 한 분이 돌아가시는데도
귀국 항공권을 못 끊고
혼자 눈물짓는 사람이 되고 싶다.

해변을 걷다가 갑자기
저 파도 너머로 터져나가는 소리를
두 손으로 틀어막고 싶다.

내 죽은 유해로 한국으로 돌아가다
남해 먼바다나 아니면 백령도 해상쯤에서
아주 허우적거리고 싶다.

나비의 사랑

먼 여행지 한인 동포 집에
짐 풀고 씻고 소파에 기댔다가
눈에 희끗거리는 게 보여
처방받아 온 안약으로 눈물을 글썽여봤다.

아, 방에 날아다니는 게 정말 있었다.
심지어 내 몸 가까이로 와서 앉으려 하는 이건
나비,
그것도 호랑나비다.
손 흔들어 내쫓다가 아차, 했다.

어쩌면 저 나비가 바로
이 방 주인?
한 시절 이민가방에 묻어 이곳까지 온
디아스포라의 후예?
고국 동포를 환영하는 날갯짓?

나비는 허공에서 이리저리 나분대면서

탁자 위 내 잔을 넘보기도 한다.
텔레비전을 보다가 껌뻑껌뻑 조는 사이
슬쩍 와인을 맛보기도 하는 눈치!

아침에 일어나니 기분이 야릇하다.
분명히 잔을 부시고 이까지 닦고 잤는데
혀끝에 감지되는
이것은?

밤새 꿈속에서
고향 집 마당의 꽃밭으로 날아들어
내 입술을 더듬던 나비,
그 입에서 점액으로 뿜어져 나온
와인 맛이 분명했다.

바다와 나비와 사랑

나도 한때 누군가를
바다를 헤엄쳐 갈 만큼 사랑한다고
생각한 적이 있다.

그 사람 사는 데가 섬인지
바다 건너 어떤 대륙인지도 모르면서
실은 헤엄도 못 치면서
헤엄쳐 가는 것만이 사랑인 줄 알았던 거다.

바다를 건너다 그냥 지쳐버릴
나비가 될 수 있다는 것도 몰랐던 거다.
바다가 왜 파란 줄도 몰랐던 거다.

아무리 거칠게 날갯짓을 해도
가 닿지 않을 사랑이 있다는 것을
젖은 날개가 다 찢긴 뒤에야 깨달았던 거다.

파도치는 사람

파도소리는 저 파도가
우는 소리가 아니다.

아득히 먼 곳에서
저 파도를 밀어낸 당신이
우는 소리다.

울음을 참고 돌아선 어깨가
마침내 들썩이는 소리다.

그 숨결이 밀려와
내 마음속에서
파문 지는 소리다.

곰곰
- 최정자 시인에게

곰아
이 미련한 곰아
나무를 사랑해야지
나무를 꺾으면
나무가 아파해

한글로 이렇게 써서 붙여놨더니

곰이
그 미련한 곰이
나무를 사랑하게 된 거야
다시는 나무를 안 꺾어
나무는 아픈 일이 없게 된 거야

못 믿겠다구?

곰이
그 미련한 곰이
로키산맥 같은 미국 곰이

한글을 읽고
나무를 사랑하게 됐을 리 없다구?

모르시다니, 한글의 힘!

이민 온 지 30년 지나
어느 날 갑자기
몽당연필 가슴에 모아 쥐고
한 글자 두 글자 써온
한글이라구!

그게 곰하고 뭔 상관이냐구?

곰처럼
그 미련한 곰처럼
쓰고 지우고 쓰고 또 쓰다
마침내 사랑에 빠져버린
한글이라구!

유토피아에 살다가
- 최경희 시인에게

드디어 엄마가 돌아가셨어요. 백세 살.
1966년에 죽은 아버지 유골을 한국에서 가져온 게
5년 전이었어요. 어머니가 마다시는 바람에
그걸 제 머리맡에 두고 지냈으니 저는 나이 팔십에
아버지를 방에 모시고 사는 효녀가 됐지요.

모처럼 비가 흩뿌렸어요.
여기 겨울은 비가 오면 산에는 눈이 내리곤 해요.
그 눈 마중하러 일부러 산에 가는 사람들이 꽤 있는
데요.
비를 맞으며 아버지 어머니 합장으로 장례를 치르
는 동안
먼 산이 그런 사람들로 희끗희끗해졌어요.

한국에 있을 때 늘 마음속으로 어딘가를 꿈꾸었는
데요.
미국 온 동생한테 제발 날 좀 데려가달라 했어요.
이민 올 때

죽은 남편 성을 쓰느라 아예 본명도 버렸고요. 그때부터는

더이상 다른 세상 꿈꾸지 못하고 살았으니 여기가 이상향,

플라톤인가 누군가 말했다는 그 유토피아가 된 거지요.

봉분을 세우고 기도를 하고 그 다음 찬송가를 부를 차례인데요.

— 아 목동들의 피리소리들은 산골짝마다 울려나오고

누군가 갑자기 이런 노래를 부르는 거예요. 빗물인지 눈물인지

흘러내리는데 나도 모르게 노래를 따라 부르고 있더라구요.

— 여름은 가고 꽃은 떨어지니 너도 가고 또 나도 가야지.

평소 애들한테 나 죽으면 불러달라고 당부하던 노

랜데요.

　- 나 항상 오래 여기 살리라 아 목동아 아 목동아 내
사랑아.

　알고 보니 그 노래가 내 입에서 먼저 흘러나왔던 거
예요.

　그걸 우리 애들하고 목사님하고 교회 사람들이

　모두 따라 부르고 있었던 거더라구요.

감꽃

꿈에
노란 감꽃이 하나둘 떨어져
내 몸을 이불처럼 덮더라구요.
그 얘기를 카톡에 남겼더니 친구가
철 지난 감꽃을 모아 사진 찍어 보내온 건데
모두 저렇게 자줏빛이더라구요.

그러거나 말거나
이 사진을 표구하느라
비엔나 시내까지 두 번이나 나들이했지요.
제게는 이 자줏빛 감꽃 사진이
그 옛날 노란 감꽃보다 깜찍한 것이죠.
저기 소파에 앉아 책을 읽다가 잠깐 졸았다 싶으면
이 사진 속 감꽃들이 어김없이 날아와
제 몸을 이불처럼 덮는답니다.

꽃잎의 여자

작은 여자
목소리가 모기소리 같다
입도 모기 입 같다

기차는 벌판을 달리고
작은 여자
기차 소리에 묻혀 있다

작은 여자
차창에 묻은 빗방울 같다

꽃 이파리
조막손 몇 개
공중에 묻은 것 같다

온몸이 바람 되어
날아가는 것 같다

기차는 벌판을 달리고
작은 여자

바람에 날려서
생생해지는 것 같다

생생해서 그대로 벌판 같다

사랑손님과 별

지난여름
선생님이 우리 집에 머무실 때
집을 비워드리고 제가 친척 집에 가 있었잖아요.
낮에 외출하신 뒤에 들어가
다음날 아침에 드실 밥을 지어놓고 나왔잖아요.

사실은 그때
친척 집에 안 가고 시드니 공원에 가 있었어요.
늦도록 별을 보며 거기서 그냥 잤어요.
낮에는 집에 돌아가 선생님 없는 방 책상 앞에
한참 앉아 있곤 했지요.

어젯밤 별들이 유난히 반짝였는데
새벽까지 그걸 따라 적으니
제가 선생님께 보여드리려고
쓰다 지우고 쓰다 지운 그때 그 말들이
이제야 이렇게 시 한 편이 되었네요.

제3부

맑은 날

맑은 날 보인다.

부산 해운대에서 대마도가 보인다.
북해도 왓카나이에서 사할린이
보인다.

비행기 곡예하다
거품 길게 남긴 그 하늘에
보인다.

실 끊겨 아득히 떠나보낸
방패연

내 어머니 손등
투명한 살갗 속에 파랗던
실핏줄이 보인다.

수성벌

형 따라 놀러 갔다가 길을 잃은 적이 있다. 들판을 헤매던 한 소년의 모습이 떠오른다. 수성천변에서 공사하던 인부들이 울며 서성이는 소년을 보았다. 소년은 집 주소를 또박또박 말했다. 한 아저씨가 소년을 업고 집을 찾아 나섰다. 아저씨 등에서는 공사판 모래냄새가 폴폴 났다. "집이 어디지?" 아저씨가 물을 때마다 소년은 "대구시 중구 삼덕동 2가 139번지!" 하고 큰 소리로 대답했다. 벼랑 끝에 몰린 독립군 소년병이 대한독립만세!를 외치듯이 나는 소리치고 또 소리쳤다. 아저씨가 마침내 우리 집으로 들어가는 골목을 찾아냈다. 그제야 그 벌판에서 밥 짓는 냄새가 났다.

개구리 울 때

개구리 울 때
나도 운 적 있다.

다가오는 인기척에
그 울음
그친 적 있다.

이제는 비가 와도
그렇게 우는 일
없다.

마지막 모국어

이튿날 새벽
어머니가 돌아가셨다는 전화를 받았다.

전날 중환자실
면회시간이 끝나가고 있었다.

어디 가여?
하고 어머니가 희미하게 물으셨다.

갔다 와여
하고 내가 손을 빼는 순간이었다.

거리의 플라타너스가
무성하게 황혼을 맞고 있었다.

이후로 나는
고향말로 대화한 적이 단 한 번도 없다.

충무김밥

고속도로 휴게소에서 어머니가 김밥으로 간단히 요기를 하자고 하셨다. 어머니는 내가 사온 김밥 한 도막을 입에 넣고 마냥 우물거리고 계셨다. 버스를 다시 타기 전 나는 어머니가 남긴 것을 다 먹었다.

이듬해 요양병원 침상에 누운 입에 죽을 떠먹이는데 갑자기 숟가락을 밀쳐내며 중얼거리셨다. 응? 응? 나는 몇 번 되물었다. 어머니 말을 이으니 이랬다. - 충무김밥은 이에 쩍쩍 들러붙어서 싫어.

생각해보니 그날 고속도로 휴게소의 김밥은 어머니와 함께한 마지막 외식이었다.

젖은 기억

먼 출장지에 와서 속을 크게 다치고
밤새 화장실을 들락거리며 잠 못 이루고 있는
내 의식의 한 귀퉁이를
불현듯
적셔오는 게 있다.

1960년대 중반
내가 학교에 들어갔을까 말까 한 어느 봄날
심한 몸살로 밥도 제대로 못 먹는 내게
엄마가 갑자기
라면 삶아줄까?
하셨다.

그날 본
샛노랗고
고물고물한 가락
그런 거 말고

맵지도 짜지도
고소하지도 않은
밍밍한 맛
그런 거 말고

라, 면,
한 번도 들어본 적 없는 그 말을 하면서
내 이마에 손을 대고
천연덕스럽게 나를 내려다보던
선한 짐승 눈.

부모형제

　어머니가 문학을 하겠다는 저의 장래를 염려하는 말씀을 하시고
　얼마 뒤 큰형이 저를 식탁에 앉혔어요.
　담배를 입에 문 큰형은 연기 때문에 한쪽 눈을 찡그리고 있었어요.
　제게 어떡할 거냐고 묻는데 제가 아무 대답을 못하고 있더라구요.

　바로,
　어젯밤 꿈속 일입니다.
　어머니는 오년 전 돌아가셨고
　큰형은 그보다 십년 전 알래스카로 도피해
　지금까지 불법체류자가 돼 있는데요.

　어떡할 거냐고
　큰형이 돌아와 다시 묻는다면
　저는 지금도 아무 대답도 하지 못할 것 같아요.

손가락이 닮았다

불 켜놓고 그냥 잠든 아들 방에
들어갔다

이불 밖으로 나온
손
잡아보다가

내 손 잡고 흔들며

너는 새끼손가락 휜 것까지
날 닮았구나 하고
누런 이 드러내며 웃으시던

아버지
떠올린다.

나이테

나무의 나이테는
가뭄이 심하거나 추위가 혹독한 날에는
테와 테 사이가 촘촘해진다.
햇빛과 수분이 적당한 시기에는
테 간격도 그만큼 넓어진다.

내 몸 안에서 촘촘하게 원을 그리던 나이테가
날이 갈수록 널널해지는 듯하니
이즈음 내가 제법 호시절이 아닌가 싶다.

이 사이가 벌어져 말할 때마다
바람 빠지는 소리가 나도
뱃살 불어 펑퍼짐한 민둥산이 되는 것도
나쁘지 않다.

숨 가쁘게 오르던 산 중턱쯤
너럭바위 아닌 바윗장 같은 거라도 깔고 앉았다가
산 그림자가 숲을 간질이며 지나가는 걸 보곤 한다.

날아가는 새들의 표정이 보일 때도 있다.

겨울이 오면 나무들은
잔가지 사이에 감추어 왔던 둥지를 드러낸다.
안개와 미세먼지에 휩싸인 도시도
나지막한 것들이 사방에서 윤곽을 잡아
아직은 너끈한 풍경이 된다.

나를 머물게 하느라
욕설과 싸움으로 거칠어진 내 몸은 이제
무딘 짐승처럼 사람들 사이를 어슬렁거리고 있다.
동심원처럼 퍼져가는 그 물결 위에 누워
나는 하늘에서 구름이 하는 놀이를 보곤 한다.

나무의 꿈

어느 가을 들길에서 아버지가
이게 무슨 꽃이냐 물으시는데
진달래, 하고 대답했다가 웃음거리가 된 적이 있다.

나는 풀이나 꽃이나 나무를 모르고 자랐다.

달래 냉이 씀바귀 동요를 즐겨 부르고
푸른 초원 울창한 숲을 그림에 담았지만
나는 그런 데서 살지 않았다.
식물도감으로 야생화를 익히던 일도
두 계절을 이어가지 못했다.

요즘도 가끔 꿈속으로 나비는 날아들지만 거기
꽃밭은 형체가 없다.

내 추억에는
그 시절 집 마당에 있던 감나무 한 그루가 전부다.
한 번도 붉은 감이 열린 적 없는 나무다.

설익은 채 떨어진 감을 모아 아랫목에 묻고
몇날 며칠 기다린 적은 있다.
꿈에 환한 분홍나무를 본 일도 그때뿐이다.

나의 시에는 정한 갈매나무나
내 누님같이 생긴 꽃 같은 것이 없다.
누나도 없다.

밥상 앞에 앉아 콩나물과 숙주나물,
배추와 상추, 시금치 부추 미나리 쑥무침 따위,
깻잎 콩잎 호박잎 따위 골라 먹을 뿐이다.
이제는 감꽃도 그려낼 수 없다.

그래서 나는 이렇게
아무도 그리워할 줄 모르는 것이다.

울 줄도 모르는 것이다.

그래서 나는 지금도
길을 가다가
하늘을 보다가

혼자서
오직 혼자서
저 빈 창공으로 팔을 벌리고
가지를 펴고 꽃을 날려보곤 하는 것이다.

새가 날아간 뒤

북한산 의상봉에 올라 땀을 식히고 앉았는데 원효봉 쪽에서 날아오던 새 한 마리가 멈춰 서서 한동안 날갯짓만으로 공중에 버티고 섰다. 새는 뭐라고뭐라고 말하는 것처럼 하더니 한참 만에 슬쩍 몸을 뒤로 물리고는 이내 유연한 곡선을 그으며 날아올라 모습을 감추었다.

집에 돌아와 새가 한 짓을 떠올리니 그게 꼭 원효대사가 의상대사에게 전하는 말 같기만 했다. 간밤 마신 게 해골바가지 물이었다는 걸 알고 크게 깨친 바 있어 여기 남기로 했으니 혼자서 먼길 잘 다녀오라고 한 듯도 하고, 이제 산봉우리에 이름 좀 그만 붙이고 함께 하산하자고 한 것 같기도 하고, 가까이 살면서도 오래 만나지 않아서 속인들이 오해할 수 있으니 밥이나 한번 먹자고 한 듯도 하다.

새가 날아간 뒤 내가 엉덩이 깔고 앉은 의상봉이 잠깐 흔들렸던 게 새가 전하는 말을 알아듣고 고개를 끄덕끄덕하느라 그런 거였다는 생각이 들었다.

제4부

인간의 집

모호한 말로 시를 쓰는 것도 인간이고
그걸 해독하는 일에 일생을 바치는 것도 인간이다.
그 인간을 위해 기도하는 것도 인간이고
기도문을 모아 책을 내는 것도 인간이다.
이런 얘기를 다시 시라고 쓰고 있는 것도 인간이다.
내 유언은 이렇다.
- 사리를 찾으려고 뼛가루를 들쑤시지 마라.
이 말이 무슨 뜻인가를 두고
고개를 갸웃하다 말다 하는 것도 인간일 거다.
이렇게 말이 끝없이 이어져야 인간인 거다.
죽을 수 없어 인간인 거고 죽어야 인간인 거다.
말을 쌓아야 인간인 거다.
말이 쌓이는 걸 두려워하지 말아야 인간인 거고
말을 새긴 바위 앞에 서서
잠시라도 고개 숙여야 인간인 거다.
너의 입술에서 떨어진 꽃잎 위에 집을 짓고
거기 내가 산다.

시 없는 세상에 살면서

그분이 저에게 가끔 시를 보내오는데요.

다른 사연은 없고
그냥 그분이 쓰신 시만 있는 거라
저도 처음엔 할 수 있는 만큼만 몇 글자 답을 보내
드리곤 했지요.

근데 매번 그렇게 안 되더라구요.
제가 시 읽고 글 쓰는 일을 주업으로 살고는 있지만
작품 읽은 소감이란 게 늘 글로 잘 정리되는 것도
아니고
솔직히 뭐 이런 시를 썼나 싶을 때도 있고
숙제하듯이 붙들고 들여다보다
내가 지금 왜 이러고 있나 한 적도 있어요.

그분과는 오랜 인연이 있어
이젠 시를 그만 보내시라 하는 건 예의도 아니고.
점점 고민이 되더라구요.

이제 무슨 평을 어떻게 해야 할지.
느낀 대로 다 적어드려야 할지.
바빠서 나중에 읽는다고 해야 할지.

어느 날은 불쑥
시 없는 세상에 살고 싶어라,
이런 이상한 말이 떠올려졌어요.
시 없는 세상, 이렇게 말하고 보니
이 세상에 시가 제대로 남아 있기라도 한 건가 하는
의문이 들더라구요.
뭐가 시고 뭐가 시 아닌지 잘 모르겠다 싶기도 하고요.

그러거나 말거나 잊을 만하면 그분은 시를 보내오고
그럴 때마다 저는 평소 잘 안하던 생각을 하다
머릿속이 이런저런 말들로 복잡해져요.
요즘은 그러면 그러는 대로 내버려 둬요.
그러면 어느새 그 분 시가 또 한 편 와 있곤 하지요.

흡연하는 아픔

강사는 안타까운 눈빛으로 말했다.
흡연하는 학생은 감점할 수밖에 없다.
흡연은 죄가 아니지만
내 마음을 아프게 하기 때문이다.
내 마음 아픈 것하고 학점하고는 아무 상관이 없다.
하지만 공부는 왜 하는가.
남을 아프게 하는 공부는 공부가 아니다.
흡연하는 모습으로 나를 아프게 했으니
그건 잘못된 공부를 한 거다.

내가 애정을 많이 가진 학생일수록
감점을 더 많이 할 거다.
나를 더 아프게 했기 때문이다.
학생을 편애해서는 안 되지만
나도 인간이란 걸 이해해주기 바란다.
내 눈길을 크게 끌지 않았던 학생은
흡연하다 나를 봐도 감점이 적다.
흡연자인데 성적이 잘 나왔다
이런 학생은 내 관심 밖의 사람인 거다.

욕설하는 청춘

강사가 또 말했다.
욕하다 걸리면 감점이다.
살다보면 욕도 할 수 있는 거고
욕의 순기능도 있다는 걸 잘 안다.
안 믿겠지만 젊은 날 나도 욕 잘했다.
요즘 욕 소리는 주변 사람을 불안하게 한다.
거리에서 인터넷에서 욕이 넘쳐나는 사회다.
욕하는 학생은 사회 불안에 일조한 거다.
사회를 불안하게 하는 공부는 공부가 아니다.

내가 애정을 많이 가진 학생일수록
감점을 더 많이 할 거다.
편애해선 안 되지만 불안해서 못 견디겠다.
내 눈길을 크게 끌지 않았던 학생은
욕하는 걸 내가 들어도 감점이 적다.
나 욕 많이 하는데 성적 잘 나왔네
이런 학생은 내 관심 밖의 사람인 거다.
욕도 못하면 무슨 재미냐고 날 욕해도
나는 그 입을 사랑하겠다.

담배 피우는 소녀

미니스커트를 입은
몸집 작은 여자 하나가
빌딩 뒷문 담벼락에 붙어 서서
담배를 피우고 있다.

입가에 보조개 파이도록
힘차게 담배를 빨아들이고는
하늘을 향해 고개를 쳐들고
기이이일게 연기를 뿜어낸다.

손가락으로 담배가락을 톡톡 쳐서
담뱃재를 떨어내는 사이
입술이 뾰족해지고 콧구멍에서
스멀스멀 연기가 새어나온다.

허벅지 근육에 단단히 힘을 세우고
또 한 번, 볼 깊이 보조개 파이도록
담배를 빨아들인 여자는

목구멍으로 칵, 하고 침을 돋운다.

꽁초를 바닥에 내동댕이치고
빌딩으로 걸음을 옮기던 여자는
고개를 외로 꼬아 다시 한번 가래침을 뱉다가
담벼락에 묻은 어떤 흔적을 잠깐 보고 섰다.

정순 씨의 시 낭송

시조창하는 듯
국어책 읽는 듯

차올랐다 꺾어지고
끊어질 듯 이어진다.

서정시든 저항시든
많고 많은 우리나라 시
끄떡없다.

천장을 울리는 에어컨 소리도
예의 없는 옆방 음악소리도
아랑곳없다.

어릴 적 글 읽을 때마다
시원타 시원타
장단 맞추시던 아버지 생각하며

오늘도 저요 저요 먼저 손들어
거침없이 시 낭송
시작한다.

재미없는 사람

아침에 일어나니 불쑥
재미없는 사람이
참 재미있다는 생각이 들었어요.

식탁에 앉는 순간부터 웃음이 났는데
그 사람이 자꾸
왜 그러느냐고 얼굴을 들이미는 거예요.
그게 우스워 또 웃음이 터졌어요.
밥알이 그 사람 얼굴로 튀었어요.

그러자 더 견디기 어려웠어요.
주저앉아 바닥을 떼굴떼굴 굴렀지요.
멀뚱히 보고 있는 그 사람 얼굴 보면
더 웃길 것 같아 외면하고 또 외면하느라
내 몸은 바닥을 이리 구르고 저리 굴렀지요.

뭐 그리 재미있었냐고요?

재미없는 사람과 한번 살아보세요.
그런 사람과 오래 살다보면
어느 날 갑자기
그냥 막 재미있어지는 때가 있더라고요.

못 믿겠다면 그냥 빌려드릴 수도 있어요.

슬픈 시

술? 그래, 오늘 술 쪼까 혔네.

술 묵은 김에 자네헌테 이 말은 허야겄네.

오늘 말여, 순식이가 말여,

자네헌테 못해준 게 많은가 허고 묻더라고.

나가 말이여, 나가 자네헌테 말이여.

지난번 영철이가 그 비슷헌 말을 헐 땐

그런 헛소리 말라고 쏴붙였는디 말이여,

오늘은 순식이가 술을 먹다 말고 진지허게 그라는디

요상하게, 나가 아니라고 단호히 손사랠 못 치겄더

라고.

나가 정말 자네 서운허게 헌 거 많은가?

나는 도통 모르겄는데 말이여, 난 그냥 자네 시집이

깝데기도 연분홍빛으로 자네 처녓적 얼굴 같아서

좋고

뭔 뜻인지 몰러도 자법 유식헌 말도 있고 그라던디.

영철이도 글고 순식이 또 그라니 정말 그런가 싶어

서 말이여.

술을 마시면서 생각해봤어라. 나가 그간 자네헌테 무얼 잘못하고 살았나.

나는 그리 안 보이는데 갸들 얘기가 자네 시가 슬프단디,

정말 자네가 슬프당가? 나랑 사는 것이 정말 슬퍼서 그리 슬픈 시를 쓴당가?

뉴스가 흐를 때

소설가 한강 님이
맨부커 상 국제부문을 수상했다는 뉴스가
흐를 때였어요. 6인실 병동에서
그걸 눈여겨보는 사람은 저밖에 없었어요.

그런데
무심히 텔레비전 화면에 눈길을 두고 있던 엄마 표정이
좀 이상했어요. 입가로 흘러내린 침을 닦아주며
제가 물어봤지요.

엄마 생각나?
나 대학 합격 메시지 받던 날
나 업고 덩실덩실 춤추던 거?

엄마가 고개를 돌려
제 눈을 똑바로 쳐다봤어요.
그러더니 띄엄띄엄 말하셨어요.

\>
글
쓰는
거?

어제는
그 새벽 제 옆에서 갑자기 쓰러지신 엄마가
병원으로 옮겨져 두어 살짜리가 된 지
딱 4년 된 날이었어요.

상주 곶감

좋아여.
그래여.
참말이라?
알아여.

몰라여.
아이라여.
뭐락해여?
고마 지끼여.

할말
다 못했는데
단풍은 지고

늦가을 볕 찬바람에
입술
굳은 뒤

얼굴에 분가루
하얗게
뿜어낸.

용인 사람

용인에는 용인 사람이 산다.

용인에는 원래 용인에 살던 사람이 산다.

용인에는 원래 용인에 살지 않았던 사람도 와서 산다.

용인에는 낮에 용인 아닌 데 갔다가 밤에 용인에 돌아오는 사람도 산다.

용인에는 조선시대 이사주당이라는 여성이 살면서 남긴 태교신기라는 태교지침서가 남아 있다.

용인에는 화가 장욱진이 말년에 5년 동안 머물면서 일생에서 가장 많은 그림을 그리던 집도 있다.

용인에는 세계적인 전위미술가 백남준을 기리는 아트센터가 있는데 백남준 선생이 생전에 용인에서 살았는지 안 살았는지는 잘 모르겠다.

저예산영화를 고집해온 박철수 감독은 3년 전 타계했는데 그동안 용인에서 사신 줄 나는 몰랐다.

용인 경전철 명지대역 가까운 데서 장애인자립생활센터를 운영하는 시각장애 1급 공다원은 내 친구다.

거기서 멀지 않은 곳에 사진작가이자 시인인 친구 김종경도 산다.

>
나는 일주일에 한 번씩 용인에 간다.

용인에서 용인 사람도 만나고 나처럼 가끔 용인에
가는 사람도 만난다.

보정역 앞에서 우연히 만난 옛 동료는 용인 와 산
지 8년이나 됐다고 한다.

꼬막 요리가 맛있어서 잘 가는 순천회관 주인은 원
래 용인 사람이 아니었을 거다.

공다원 시인 부부가 내게 저녁식사를 대접한 9,900
횟집 주인은 용인 사람일 거다.

단국대 죽전캠퍼스 정문 나와 오른쪽 골목 안 카페
다린의 젊은 주인 부부는

결혼 전부터 거기서 영업을 시작해 이제 용인 사람
다 됐다.

용인에는 죽어서 용인 사람이 된 사람도 있다.

고려 충절 정몽주 선생의 묘역은 용인이 자랑하는
큰 유적지다.

용인에는 조선 정조 때 정승을 오래 지낸 채제공 선
생 묘도 있다.

용인에는 조선 실학의 앞머리에 이름이 놓이는 반계 유형원 선생도 묻혀 있다.

용인에는 홍길동전의 허균 아버지 허엽, 동창이 밝았느냐 노고지리 우지진다의 남구만 같은 분도 묻혀 있다.

용인에는 김대중 대통령, 이병철 삼성그룹 회장, 조중훈 한진그룹 회장도 묻혀 있다.

용인에 있는 박목월 시인의 묘에는 박목월문학공원이 조성돼 있다.

나는 머지않아 시신기증에 서약할 작정이지만
죽으면 어쩌면 용인에 묻힐지도 모른다.
나는 죽어서 내가 산 나날보다 더 오래
용인에 내 흔적을 남기고 있을지도 모른다.
내 아들딸 손자손녀가 가끔 용인에 와서 놀다 갈지도 모른다.

제5부

시를 찾아서

1
막다른 골목 외등 아래
저 혼자 저항하는 그림자.

2
몰래 동심원 퍼뜨리고
시치미 떼고 있는 호수.

3
잡아먹기 난처한 사냥물을
향한 거미의 눈.

4
낯선 여행지를 떠돌다 돌아와
마침내 쏟아놓은 똥 무더기.

서너 사람의 글로벌한 관계

컴퓨터 판매상인 문 사장은 일본 동경에 출장 갔다가
밤늦도록 하는 주점에서 옆 테이블에 앉은 산타 마
리코라는 독일계 일본 처녀를 알게 됐죠.

산타 마리코의 산타는 중국 산동 지방이란 뜻의 한
자를 쓴대요.

문 사장은 자신이 고려 개국 공신의 후손이라고 한
참 설명했죠.

산타 마리코의 마리코는 유럽식과 일본식을 섞은
이름일 거라고 서로 필담했죠.

두 사람은 그 후 가끔 이메일과 에스엔에스로 소식
을 주고받았죠.

얼마 전 산타 마리코 씨가 퀴즈대회 입상 상품권으
로 한류 관광을 오게 됐죠.

문 사장은 한국의 특별한 음식을 원하는 산타 마리
코 씨를 위해

단골 냉면집으로 안내했죠. 평양냉면 둘에 특별히
함흥식 하나를 추가했는데

나오기도 전에 회사 어음 결제 건으로 전화를 받고 급히 자리를 떠야 했죠.

식당 안 텔레비전에는 인기를 끌고 있는 조선시대 무사 스토리가 재방송되고 있었죠.

냉면집 주인은 문 사장 신세를 많이 진 탈북새터민 전 씨였죠.

문 사장이 회사 회식과 손님 접대를 전 씨의 냉면집에서 많이 해온 거죠.

전 대표는 산타 마리코 씨에게 북한 개성의 전통 조랭이떡국도 맛보였죠.

전 대표는 옛날 동독을 거쳐 한국으로 넘어오는 동안 익힌 독일어로 떠듬떠듬 대화했죠.

산타 마리코 씨가 독일의 베를린 장벽 무너지던 때 얘기를 하는 바람에 추억에 휩싸이기까지 했죠.

문 사장은 어음이 부도 처리될 상황이 돼 결국 냉면집으로 돌아오지 못하게 됐죠.

전 대표가 문 사장을 대신해 산타 마리코 씨를 승용
차에 태우고 드라마에 등장하는 왕의 유적으로 안내하
게 됐죠.

산타 마리코 씨는 아버지 임금이 장차 왕이 될 아들
을 뒤주에 가둬 죽게 한 조선시대 비극의 왕자 얘기를
듣고 말이 많아졌죠.

산타 마리코 씨가 오스트리아의 합스부르크 왕가
출신으로 독일의 국왕이 되었다가 조카 요한에게 암살
당한 알브레히트 1세 얘기를 하는 동안

전 대표는 융릉으로 가는 길 수원역 앞 교차로의 교
통 체증 때문에 짜증이 나 있었죠.

무덤 위에 사람이 누워 있어요!

전 대표가 일본어를 잘 못 알아듣자 산타 마리코 씨
는 다시 융릉 위쪽을 손가락질하며 독일어로 또박또박
말했죠.

뒤주 속의 왕자 사도세자와 그 아들 정조 임금의 사
연을 끼워 맞춰 설명하느라 전 대표의 머리가 빙글빙

글 돌 지경이었던 때였죠.

관리인의 눈을 피해 소주병을 든 채 사도세자의 능인 융릉에 기대 누워 있던 사람은 동양사를 전공한 박사 한 씨였죠.

한 박사는 대학 시간강사를 하다 친구의 케이블 방송국에 동업자로 참여해 역사 다큐멘터리를 제작했죠.

왕의 암살자들이라는 시리즈 다큐를 융릉에서 찍고 있을 때 회사 부도 소식을 들었죠.

한 박사는 산타 마리코 씨를 보자 갑자기 정신이 멀쩡해져서 썩 유창한 일본어로 두 사람을 가이드하기 시작했죠.

융릉은 사도세자가 원래 묻힌 서울 성북동의 묘를 아들 정조가 새로 옮겨 조성한 거죠.

한 박사는 전 대표와 산타 마리코 씨를 융릉 묘역에서 이어져 조성돼 있는 정조의 건릉으로 안내했죠.

한 박사는 전 대표를 위해서는 일부러 북한 방언을 흉내내기도 했죠.

몸에 악취가 나는 한 박사를 차에 태운 건 정말 실수였죠.

한 박사는 두 사람을 융릉의 수호 사찰인 용주사로 안내했는데요, 거기서 두 사람은 한 박사를 떼놓고 몰래 달아나는 데 성공했죠.

두 사람은 수원 화성을 둘러보는 동안 내내 한 박사가 뒤를 따라오지 않나 걱정해야 했죠.

행궁 앞 수문장 교대식을 구경할 때는 한 박사를 닮은 구경꾼을 발견하기도 했죠.

한 박사는 어디서 두 사람을 잃어버렸는지 기억을 하지 못했죠.

부지런히 두 사람을 따라갔는데 어느새 팔달문 아래 지동시장 순대 골목을 걷고 있는 자신을 발견한 것이었죠.

정조 편 다큐 촬영할 때 가끔 이 골목에 와서 순대를 먹기도 했죠.

화성이 유네스코 지정 문화유산으로 각광받으면서 관광객들도 즐겨 찾는 순대 명소가 되었대요.

>

전 대표는 산타 마리코 씨를 위해 지동순대 한 접시를 시켜주었지만

산타 마리코 씨는 두 점밖에 먹지 않고 대신 순한 소주 석 잔을 마셨죠.

전 대표는 더 먹지 못하고 포장을 해서 가지고 가야 하나 잠시 고민했죠.

두 사람이 앉은 집 바로 옆집에 한 박사가 들어와 앉은 것까지는 묘한 우연이죠. 바로 옆에는 필리핀에서 온 노동자 셋이 앉아 순대를 먹고 있었죠.

그 중 불법 체류자인 줄리안은 순대를 처음 먹어보는 중이었죠.

이건 조선시대 음식이 아니에요!

한 박사는 또 멀쩡한 표정이 되어 필리핀 사람들에게 영어로 설명하기 시작했죠.

전통음식의 유래란 건 누구도 정확하게 밝히지 못하지만, 지금 음식 형태로 어느 정도 유추해낼 수 있는 거예요. 유 노?

이 순대는 유목민들이 돼지창자에 채소나 쌀을 넣은 걸 쪄서 얼리거나 말려 가지고 다니면서 먹었다는 거예요.

고려 때 몽골군들이 가져온 음식이라고 봐야 하지요. 유 노?

무엇 때문에 싸움이 난 건지 알 수 없어요.

한 박사는 피비린내를 맡았는데, 그게 순대에서 나는 피 냄새 같다는 생각을 한 것 같네요.

순대 골목 한 구석이었죠. 실은 한 박사 머리에서 피가 흐르고 있었는데요.

나는 7월에 태어나 줄리안이야.

줄리안이 이런 말을 하면서 한 박사에게 발길질을 했죠.

그보다 먼저 다른 친구들이 주먹질을 하고는 짐짓 뒷짐 지고 망을 보고 있었죠.

전 대표와 산타 마리코 씨가 골목을 빠져나오다 얼핏 싸우는 사람들을 봤을 법한데요.

행여 한 박사가 자신들을 알아보고 도움을 청할까 봐 끝내 외면한 건지도 모릅니다.

이제는 휴대폰마저 꺼져버린 문 사장을 못내 아쉬워하기도 했죠.

거리에는 어둠이 짙게 내리고 멀리서 경찰차의 경적이 울렸죠.

필리핀 사람들은 달아나고 없고, 한 박사는 뺨으로 차디찬 기운을 느끼며 땅바닥을 기어가고 있었습니다.

* 졸작 단편 「세 사람」에서 스토리를 따옴.

전쟁과 평화

내가 밀고한 친구가 처형되었죠.
나는 속죄하는 마음으로
친구의 가족을 돌보며 살았습니다.

밖에서 얻어맞고 온 친구 아들의 원수를 갚기 위해
몽둥이를 들고 나갔다 들어온 날 밤
친구 아내는 나를 침실로 들어오게 했죠.

친구 아들의 뒤통수는
내 손가락이 가리키던 친구의 뒤통수를 닮았습니다.
날이 가고 해가 갈수록 닮았습니다.

* 황순원 단편소설 「모든 영광은」에서 스토리를 빌려옴.

나는 소녀를 사랑한다

나는 지금도 소녀를 사랑한다.
소녀의 육체를 사랑한다.
소녀의 검은 눈동자
소녀의 알 밴 장딴지
소녀의 하품하는 입
소녀의 귀밑 솜털

소녀의 정신도 물론 사랑한다.
소녀의 서툰 발걸음
소녀의 종알대는 노래
소녀의 토라진 고집
소녀의 비린 꿈
소녀의 흰 허공

나는 소녀를 사랑한다.
그것은 사랑하는 소녀를 사랑한다는 뜻이다.
그것은 살아 있는 소녀를 사랑한다는 뜻이다.
그것은 걸어가는 소녀를 사랑한다는 뜻이다.

그것은 누군가를 사랑하고 누군가를 낳는
소녀를 사랑한다는 뜻이다.

소녀를 사랑한 나를 사랑한다는 뜻이다.
소녀를 울린 나를 사랑한다는 뜻이다.
소녀 때문에 앓던 나를 사랑한다는 뜻이다.
소녀 때문에 죽어버린 나를 사랑한다는 뜻이다.
만나고 헤어지고 만나고 헤어진 나를 사랑한다는
뜻이다.
소녀가 낳은 아이를 함께 사랑하고 함께 고통받은
나를 사랑한다는 뜻이다.

나는 소녀를 사랑한다.
나는 소녀의 사랑이기 때문이다.
나는 소녀의 거짓말이기 때문이다.
나는 소녀의 미움이고 질투이기 때문이다.
나는 소녀의 울타리이고 소녀의 벌판이기 때문이다.
나는 소녀의 황소이고 소녀의 너구리이기 때문이다.

＞

나는 소녀를 사랑한다.

그것은 소녀를 사랑하지 않는 자를 증오한다는 뜻
이다.

그것은 소녀를 지켜주지 못한 나를 자책한다는 뜻
이다.

그것은 소녀의 꿈을 짓밟은 자를 죽이고 싶다는 뜻
이다.

그것은 소녀를 죽음에 이르게 한 자를 죽이고 싶다
는 뜻이다.

그러나 죽이고 싶은 자를 죽여서는 안 된다는 뜻이다.

나는 지금도 소녀를 사랑한다.

그것은 소녀의 오늘을 사랑한다는 뜻이다.

환생이나 윤회를 믿지 않아도

소녀의 미래를 사랑한다는 뜻이다.

소녀 어깨 위에 내려앉은 나비를 사랑한다는 뜻이다.

아득히 먼 곳에서 소녀가 오고 있다는 뜻이다.

눈의 여왕

나의 꿈은
지상에 내려앉는 것.
땅에 닿기 전
나무에 바위에 닿아도 좋은 것.
너에게 가는 것.
뜨거운 너의 살에
천천히
아, 천천히
스며드는 것.

판소리
- 토끼전 2020

외로우니까 등대다
아프니까 섬이다
캄캄하니까 하늘이다

그 하늘 아래
그 바다 위에
저 새벽나라로

자라 하나 헤엄쳐 간다
그 등에 토끼 앉았다

그 숲을 생각하며
- 이홍섭 시인에게

밤 깊으니 물소리가 요란하다.
센 물, 가는 물, 우는 물, 포효하는 물,
끊어졌다 이어지는 물, 떨어져 사라진 물,
돌아와 치받는 물, 물, 물, 물, 물들이
허공에 뿜어놓은 희미한 형상을 찢으며
갑자기 면상으로 직진해오는 게 있다!

아, 이제부터는 진짜다.
이 귀신새끼들아 다 덤벼라!
메아리를 기다리지도 않겠다.
달이 오는 길목에 서지도 않겠다.
몸이 칼이요 뼈가 방패다.
피가 튀고 살이 퍼지는 것이
네놈들 아니면 나일 뿐이다!

눈뜨니 아랫도리가 낭패다.
밤새 목청 터지게 휘두른 게
내 오줌발이 아니었나.

문틈을 파고드는 햇살이
방안에 길게 칼날을 그린다.
늦도록 마신 술이
해골바가지에 담긴 거였구나!

낮달
- 김수복의 「대낮」을 보고

낮달은 사진을 찍으면 잘 안 나온다.
낮달은 그림으로 그리면 희미하다.
낮달은 시로 써야 뚜렷하다.
낮달은 시로 잘 쓰면 희미할 수도 있다.
낮달은 시로 정말 잘 쓰면 영 안 보일 수도 있다.

기차를 타고 멀리 가는데
차창으로 낮달이 따라온 적이 있다.
어디까지 따라오나 돌아보다 어쩌다 하다
그냥 잠이 든 적이 있다.
그 잠 속으로 낮달이 들어와 있었다.
잠에서 깨어나 보니 낮달이 사라졌다.
나는 종점까지 아무 말도 하지 않고 버텼다.

나는 자주 기나긴 밤을 헤맨다.
목이 말라 누군가의 창문을 두드리기도 한다.
가끔은 그 문을 열고
낮달이 고개를 내밀었다가 황급히 모습을 감춘다.

낮달은 죽은 적이 없다.
시인은 죽어서도 시를 쓴다.

독서 2

나더러 책을 왜 안 읽느냐고 물으신다면
당신은 책읽기가
얼마나 무서운 줄 모르는 사람인 거야.

책을 읽으면 거기 빠져 헤어나지 못하게 되지.
세수도 하고 밥도 먹어야 하는데
횡단보도도 건너야 하고
차도 타야 하잖아.

일을 해야지 일을!

밤에는 그 사람이 옆에 누워
날 빤히 보고 있으니
솔직히
사랑도 좀 나눠야 하잖아.

잠도 자고 꿈도 꿔야잖아!

책을 처음 읽을 때는
이거 언제 다 읽나 하고
남은 두께를 가늠해보다 말다 그러다가
마지막 장을 앞두고는 다시 공포가 밀려오지.

이 책을 다 읽고나면
이제 어떻게 사나!
손에 땀이 바짝바짝 나고
이마가 떨려오지.

아 정말이지

읽은 책을 덮고
다음 책을 집어 펼치는 순간까지
그 아득한 사이를
당신은 걸어보기나 하고 이러는 거야?

폭포

아득한 날부터 지금까지
이렇게 달려가는 거야.

그래서
함성밖에 없는 거야.

치솟기만 하고
고일 틈이 없는 거야.

일생을
바닥을 두려워하지 않은
어린 사람인 거야.

단풍

이제 더는
못 기다리겠다.

무작정 너에게
달려갈 수밖에.

첫눈 오는 날

허공이 이렇게 아득하다는 걸
오늘 처음 느꼈습니다.

아직 당신을 못 잊어도 된다고
기어이 되뇌어봅니다.

모래밥

모래바람
부는데

이렇게
한상 차려지네.

떠돌며, 쌓여 가며, 나는 쓴다, 지금 여기에서

떠돌며, 쌓여 가며, 나는 쓴다, 지금 여기에서

김수이
(문학평론가, 경희대 교수)

1.

멀고 낯선 곳을 떠도는 사람들은 어느 시대, 어느 사회에나 존재해 왔다. 체제의 변경에서 살아가는 것은 곤란과 위험을 감수하는 일이지만, 떠돌이들에게 그보다 앞서는 것은 불가피한 모종의 필연성이다. 떠돎의 필연성은 역사의 비극으로부터도 왔고, 사회의 경직된 질서로부터도 왔으며, 주변의 타자들과의 불화로부터도 왔고, 자기 자신의 내적 갈등으로부터도 왔다. 삶에 대한 근본적인 회의도 이 목록에서 빼놓을 수는 없다. 알다시피 이 드라마틱한 사연들은 문학과 예술의 독특한 내용을 형성하고 새로운 형식과 미학을 탄생시키는 추진력이 되어 왔다. 문학과 예술은 방랑자, 유랑자, 유목민, 이주민, 난민, 불법 체류자, 망명객, 디아스포라 등으로 불려온 떠돌이들의 안절부절 혹은 종횡무진의 발걸음을 통해 다른 곳, 다른 시간, 다른 노래, 다른 이야기 들을 체험하고 사유하고 살아내 왔다.

글 쓰는 사람 박덕규의 정체성은, 한마디로 말하면 '떠돌이'이다. 두 가지 차원에서 그러하다. 우선 현실 체제에서 박덕규는 이십여 년 전부터 세계 곳곳에서 자생하는 한국문학의 또 다른 현장들을 탐색해 왔다. 박덕규는 한국의 역사와 한국인의 삶이 확장되고 변주되는 그 다양성의 자리들에서 많은 한인 동포들과 외국인들을 만났고, 그들을 통해 자신의 정체성을 성찰하고 재구성해 왔다. 한국에서 오래 문단 활동을 해온 현역 문인으로서, 또 대학에서 문학을 가르치는 교수로서 다른 나라들에서 한국문학을 논하고 가르친 경험은 박덕규에게 한국의 현실과 문학에 대해 더 넓고 복합적인 시선을 갖게 한 것으로 보인다. 그가 일찌감치 탈북자에게 관심을 가지고 그들을 주인공으로 소설을 써온 것도, 분단문학의 역사적 소명감도 한 계기이겠지만, 북한을 떠나 한국에 정착하거나 중국 등에서 떠돌고 있는 탈북자들의 삶에 대한 깊은 연민과 세계사적 차원의 시선에 의한 것이라고 할 수 있다. 현실 체제의 떠돌이로서 박덕규는 타자들의 삶을 '타자의 타자'의 자리에서 그 자신 역시 한 사람의 타자로서 이야기하거나, 자신의 삶을 타자들의 다양한 캐릭터와 목소리를 통해 다각적이고 입체적으로 이야기한다. 이러한 특징은 그가 한국에 살고 있으면서 다른 나라들에도 거주하는 복수(複數)의 분산된 정체성을 갖게 된 것과 관련이 있다고 할 수 있다.

문학 체제에서도 박덕규는 떠돌이를 자처해 왔다. 그 행적은 다시 두 가지로 설명할 수 있다. 하나는 장르를 불문하는 전방위적 글쓰기를 해온 것이며, 다른 하나는 문학의 첨예한 전위에서부터 소탈한 대중성까지를 아우르고, 이른바 문단의 주류에서부터 비주류까지를 넘나들어 온 것이다. 박덕규는 시, 소설, 동시, 동화, 수필, 평론, 논문, 오페라 극본, 뮤지컬 극본, 시극, 문학/문화 콘텐츠 스토리텔링 등 문학과 관련된 글쓰기의 거의 모든 장르를 섭렵해 왔다.(최근 박덕규는 문학을 전파하는 유튜버로도 활동하기 시작했는데, 이 역시 문학의 형식과 매체를 자유자재로 넘나드는 그의 떠돌이 기질이 발휘된 것으로 볼 수 있다.) 박덕규는 1980년대에 시의 미학이 현실의 전위적인 운동성이 될 수 있음을 피력한 동인지 『시운동』을 하재봉, 안재찬 등과 함께 창간했고, 그 창간호에 시를 발표하며 문학 활동을 시작했다. 이후 그는 현실 체제의 교란과 혁명을 추구하는 문학 체제가 구획해 놓은 내부의 경계들 —— '문학의 법'이라고 부를 수 있는——을 누구보다 부지런히 편력하고 가로질렀다. 장르(형식)의 분업 체제를 거절한 그에게는 내용의 위계와 문단의 운영 구도를 받아들일 이유 또한 없었다. 박덕규가 '전방위의 자유로운 떠돌이-독립군'의 길을 걸어온 데는, 이번 시집에 희미하게 드러난 개인사 및 가족사와 그에 따른 생계의 문제도 적잖이 작용한 것으로 보인다. "품격과 속박 사이의 아득한 감각이랄까요."(「은근하게 치열하게 - **넥타이 1**」) 문학의 '품격'과 생활의 '속박' 사이에서 박덕규는 '삶에 밀착한 문학'의 고도(高度)를 근래 한국문단이 상상하고 설정해 온 것보다 더 낮추어 왔다고 할 수 있다. 그와 그의 주변 사람들, 더 나아가 한국과 이국(異國)의 수많은 떠돌이들이 체감하는 삶의 고도는 기본적으로 "처절하"고 "남루하다 못해 비루한" '바닥'인 까닭이다. 그런데 '바닥'이야말로 문학과 예술이 넘치는 생명력으로 탄생하고 흐드러지고 열매 맺어 온 최적의 고도가 아니던가.

철저하지는 못하고
처절하기는 했다.

남루하다 못해
비루한 거였다.

삶이
문학이 그랬다.

바닥을 치자
천장이 울었다.

촛농 떨어져
부은 발등으로

저 아득한
먼지 속으로

나는
쌓여 가는 것!

— 「바닥에서」 전문

이번 시집의 서시(序詩)라고 할 만한 이 시에서 "바닥을 치자 천장이 우"는 시적 역설은 실은 과학적인 현상이자 객관적인 사실이다. "바닥을 치자 천장이 우"는 것은 박덕규의 글쓰기가 지향하는 바를 적확하게 요약하는 표현일 듯싶다. 이는 '문학적 완성도'라는 이름으로 그간 문학계에서 폄하되고 배제되어 온 글들에 관한 박덕규의 문학적 태도로도 읽을 수 있다. 문학의 바닥을 치자 문학의 천장이 우는 역설은, 사실은 문학의 대중성과 완성도, 대중문학과 본격문학 사이의 관계로 볼 수 있기 때문이다. 박덕규의 문제의식은 구체적으로 말하면 이런 것이겠다. 타국의 작은 골방에서 종일 노동과 차별에 지친 이방인이 모국의 언어로 서툴게 쓰는 글, 문학에 대한 학습 경험이나 특별한 자의식 없는 평범한 개인이 살아온 날들에 관해 고심참담하며 쓰는 글, 문학에 대한 환상과 열망을 안고 자기 진정성의 힘으로 쓰는 글, 문학이나 글쓰기 제도의 바깥에 넘쳐나는 헤아릴 수 없는 글과 말 등을 이제 다른 시선으로 바라보아야 할 때가 온 것은 아닐까. 누구나 스마트폰으로 거의 매일 글을 쓰고 읽고 영상을 공유하는 시대에, 매시간 매초 수많은 글과 영상이 쏟아져 클라우드의 허공을 떠도는 시대에, 평범한 개인의 글과 영상이 세계적인 파급력을 가질 수 있는 시대에 '문학의 법'은 더이상 대중 위에 '품격의 권위'로 군림할 수 없고 군림해서도 안 되며, 문학의 말들은 더 '비루'하고 다채롭고 유연해져야 하는 것은 아닐까. 우리가 지금까지 살아온 길만이 삶의 길은 아니듯, 문학이 지금까지 걸어온 길만이 문학의 길은 아닐 것이다. 더욱이 문학이 지금 여기에 도달해 있는 것은 스스로가 세운 '문학의 법'을 파괴하고 새로 수립함을 통해서였다. 박덕규가 문학의 대중성/완성도, 문단의 주류/비주류의 이분법에 무심하면서 문학의 바닥에서 천장을 울리는 방식을 추구해 온 것은 이처럼 인터넷이 가져온 사회·문화적 변화와도 연결되어 있다.

떠돌이에게 중요한 가치는, 동시에 떠돌이가 누리는 최상의 행복은 현실의 규율에서 이탈하는 '자유'다. 떠돌이는 제도의 보호에서 벗어나는 것을 두려워하지 않으며, 아무것도 아닌 미미한 존재로 남는 것을 염려하지 않는다. 박덕규의 세 번째 시집은 "저 아득한/ 먼지 속으로// 나는/ 쌓여 가는 것!"이라는 한 문장에서 출발한다. '먼지'라는 어휘에는 박덕규가 앞으로 떠돌아다닐 삶의 시간과 문학의 궤적이 농축되어 있다. 떠돌며 먼지 속으로 쌓여 가는 '나'의 삶과 문학이 '먼지'와 다른 것이 될 가능성은 많지 않아 보인다. 사실 모든 존재와 사물은 결국 먼지 속으로 먼지가 되어 쌓이는 것 외에 다른 길이 없다. 자연에서 먼지는 모든 존재가 귀착하는 궁극의 것이자 새로 시작하는 최초의 것이다. 그러나 인간의 의미 체계에서는 가장 하찮은 것이다.

인간이 이룩한 세계에서, 그래서 먼지는 가장 자유로운 것이기도 하다. "단 한 번 터진 사랑이 그대 가슴에 닿기 전에 되돌아온다/ 나는 이제 더 이상의 진화를 꿈꿀 모양이 아니다 어디로든/ 구르는 대로 굴러갈 뿐이다"(「공」). 만 26세에 펴낸 첫 시집 『아름다운 사냥』(문학과지성사, 1984)에서 박덕규는 이렇게 선언했다. 그대 가슴에 적중하지 못한 사랑과, 어디로든 구르는 대로 굴러가는 '나'의 분방함은 '먼지'의 모습을 닮아 있다. 첫 시집 출간 30년 만에 두 번째 시집 『골목을 나는 나비』(서정시학, 2014)를 펴냈고, 등단 40주년을 앞두고 세 번째 시집 『날 두고 가라』를 출간하면서 박덕규는 '먼지'를 자신의 미래이자 정체성으로 삼아 동시대의 삶의 현장을 떠돌아다닌다.

2.

시집 『날 두고 가라』에는 한국 현대 시인들의 시가 패러디나 오마주의 형태로 스며들어 있다. 「폭포」와 「온몸으로 아주 온몸으로」에는 김수영, 「바다와 나비와 사랑」에는 김기림, 「봄」에는 이성부, 「꽃잎의 여자」에는 오규원, 「태극기 휘날리며」에는 황지우, 「지역구」에는 기형도의 어법과 분위기가 겹쳐 있다. 소설가 주요섭, 황순원, 손창섭 들이 각각 「사랑손님과 별」, 「전쟁과 평화」, 「혈서」 등에서 작가명이나 작품 내용으로 호출되기도 한다. 뿐만이 아니다. 박덕규 자신의 부모 형제, 김수복, 이홍섭, 최경희, 최정자 등 국내외 한인 시인, 기타 기명하지 않은 실존 이웃들 등의 현실 인물이 등장하고, 토끼와 자라, 문 사장, 산타 마리코, '나'와 '나'가 밀고해 처형된 친구의 아내 등의 소설 속 인물들이 출현하기도 한다. 시를 쓰는 사람이 '나' 자신이 되는 능력을 기르는 중에 있다면, 소설을 쓰는 사람은 '타자'가 되는 능력을 수련하는 중에 있다고 할 수 있다. 푸른 이십 대에 박덕규는, "내면과 외부 세계 사이의 조절기의 역할을 수행해서 '나'를 형상화하는 퍼스나에 비해, 그 퍼스나의 감추어진 내면 사이의 또 다른 싸움의 결과를 형상화하여 진정한 '나'를 보여주는 것이 곧 나의 시"(『아름다운 사냥』 표4 글)라고 표명한 바 있다. 박덕규가 생각하는 그의 시의 페르소나는 내면과 외부 세계의 조절, 이를 통해 생긴 페르소나와 내면의 싸움이라는 이중의 과정을 통해 탄생하며 그 무게중심은 후자에 있었다. 즉 내면과 외부 세계를 조절하는 페르소나와, 이 외적 자아와 감추어진 내면 사이에서 싸우는 내적 자아의 복잡한 갈등이 박덕규 시의 기원으로, 젊은 시절의 그는 내적 자아의 싸움에 더 집중했다. 이후 박덕규는 소설을 비롯한 다양한 서사 장르의 글쓰기를 하면서 전자를 아울렀는데, 세 번째 시집에서 시적 페르소나와 서사적 인물, 시적 문법과 서사적 문법, '나' 자신과 타자에 대한 지향 등이 공존하는 풍경을 펼쳐 보인다.

먼저, '바닥'에 관한 생각.

아득한 날부터 지금까지
이렇게 달려가는 거야.

그래서
함성밖에 없는 거야.

치솟기만 하고
고일 틈이 없는 거야.

일생을
바닥을 두려워하지 않은
어린 사람인 거야.
—「폭포」 전문

이 시에 어른거리는 김수영의 「폭포」는 "규정할 수 없는 물결이/ 무엇을 향하여 떨어진다는 의미도 없이/

계절과 주야를 가리지 않고/ 고매한 정신처럼 쉴 사이 없이 떨어지"는, 한 치의 틈도 허용하지 않는 '곧은 정신'의 하강의 운동성을 강조한다. 그에 비해, 박덕규의 「폭포」는 "함성밖에 없는", "치솟기만 하고 고일 틈이 없는", "일생을 바닥을 두려워하지 않"는 패기 넘치는 상승의 운동성을 강조한다. 박덕규는 폭포의 속성을 '하강'에서 '상승'으로 바꾸어 놓는다. 바닥을 두려워하지 않는 폭포는 온몸으로 떨어져 바닥에 부딪히는 힘과 충격 그 자체에 의해 곧바로 위로 치솟는다. 이 폭발적인 상승의 반동-운동은 폭포가 일생을 "어린 사람"으로 살아가는 비법이 된다. 두려움 없이 온몸으로 떨어지고 그 파괴적인 가속도에 의해 바닥에서 즉각 치솟는 폭포의 반동-운동성은 박덕규가 일생을 견지해 온 삶과 시의 정신이라 할 만하다. 폭포의 반동-운동성을 지닌 자는 누구에게도 의존하지 않는 단독자로서 바닥에 고일 틈이 없이 치솟으며 삶의 허공을 달린다. (한편, 박덕규는 「온몸으로 아주 온몸으로」에서 김수영 시학의 핵심인 '온몸'을, "아 가까운 곳에서/ 정말 가까운 곳에서 몸이 아파오는데/ 병원은 아주 멀리 있"어 "온몸으로 아주 온몸으로", "앞에서 끌어주고 뒤에서 밀고 가다가 발이 꼬여/ 서로 한바탕 삿대질을 하고 갈 수밖에 없"는 '아픈 몸'에서 발견한다. '아픈 몸'과 이를 둘러싼 현실은 박덕규가 김수영의 '온몸'을 가장 생생하게 체험하는 통로이자 현장이 된다.)

그동안 많은 시에서 시적 주체 '나'는 단독성보다는 '너/당신'에 대한 연대감이나 의존성을 강조해 왔다. '너/당신'을 향해 떠나지 말라거나 잊지 않겠다거나 돌아와 달라고 애원하는 '나'는 오랜 시적 전통이 되어 꾸준한 인기와 지위를 누려왔다. '너/당신'의 권위는 '나'보다도 더 확고했는데, '너/당신'은 대체로 닿을 수 없기에 훼손될 수도 없는 존재인 까닭이었다. 그런 '너'에게, 바닥을 두려워 않는 단독자이며 먼지의 미래를 향해 가는 떠돌이인 '나'는, "네가 가리키는 저 언덕으로/ 함께 갈 거라 착각하지 마"라고 경고하면서 "날 두고 가라"고 단호히 선언한다.

내 팔짱 끼지 마.
네 눈을 내가 보고 있다고 믿지 마.
네가 가리키는 저 언덕으로
함께 갈 거라 착각하지 마.

휘날리는 깃발 따라
여린 신발들 몰려간 뒤 그
자욱한 연기 속에 내가 남은 거야.

나는 몸통이야.

눈 내리는 정거장에서
막차를 기다리던 항아리가 아니야.
긴 그림자 늘여놓고
허공을 유혹하던 그런 노래 아니야.

폭풍에 쓸린 등뼈를 하얗게 드러내고
땅 밑을 흐르는 먼 소리를 들으며
나 여기 서 있어.
날 두고 가라.

　　　　　　　　　—「날 두고 가라」 전문

　실제로는 명령인 '나'의 선언에서 핵심은 "나는 몸
통이야."라는 진술이다. 반어적 냉소나 희화적 자기
풍자로도 읽히는 이 진술은 내가 너와 별개의 독립
적인 존재이며 삶의 주체라는 사실을 너에게 각인하
는 역할을 한다. "날 두고 가라."라는 나의 선언-명령
은 내가 서 있는 지금-여기의 삶을 너 없이 다시 시작
하겠다는 의지를 표출한다. "폭풍에 쓸린 등뼈를 하얗
게 드러내고/ 땅 밑을 흐르는 먼 소리를 들으며/ 나 여
기 서 있어." 내가 서 있는 '여기'는 풍요와 축복의 땅

이 아니라 오히려 폐허와 고난의 땅이다. 그러나 나는 "네가 가리키는 저 언덕으로/ 함께 가"지 않을 것이며, 폭풍이 휩쓸고 간 여기에 "몸통"으로 남겠다는 뜻을 분명히 밝힌다. 그런데 이는 나의 존재와 삶의 독자성을 추구하는 방식일 뿐, 너와 적대적인 구도를 형성하거나 나와 너의 관계를 나 중심의 위계로 재구축하기 위한 포석이 아니다. 박덕규는 "꽃은 어디든 핀다"라는 자연의 섭리를 근거로 하여, 나와 너는 각기 독자성을 지닌 동등한 존재이며 생명체임을 역설한다.

> 꽃을 자랑 마라.
> 꽃은 어디든 핀다.
> 적도에도 꽃이 피고
> 남극에도 꽃이 핀다.
> 바위에도 꽃이 피고
> 소금에도 꽃이 핀다.
>
> 내가 죽고
> 네가 핀다.
>
> ─「꽃」 전문

꽃은 어디든 피기에, 적도와 남극, 바위와 소금의

구별을 따로 두지 않는다. 때문에 네가 죽고 내가 피는 상황이 가능하듯, "내가 죽고/ 네가 피"는 상황도 얼마든지 가능하다. 박덕규는 나와 너가 독자적이면서 동등한 단독자로서 만나고 헤어지며 살고 죽는 것이 자연의 섭리이며 삶의 순리임을 이야기한다. 이를 바탕으로 박덕규는 나와 너의 관계를 재설정하고, 나와 너의 가장 순정하고 아름다운 관계로 상상되는 '사랑' 역시 재규정한다. 너와 함께하는 것만이 나의 최상의 삶의 길은 아니듯, 사랑의 가능성을 믿고 끝없이 투신하는 것만이 사랑의 길은 아니다. 인간의 삶의 우주가 운행하는 60년의 한 주기를 통과한 시인은 "아무리 거칠게 날갯짓을 해도/ 가 닿지 않을 사랑이 있다는 것을" 깨달았노라고 쓸쓸하고도 담담하게 고백한다.

나도 한때 누군가를
바다를 헤엄쳐 갈 만큼 사랑한다고
생각한 적이 있다.

그 사람 사는 데가 섬인지
바다 건너 어떤 대륙인지도 모르면서
실은 헤엄도 못 치면서
헤엄쳐 가는 것만이 사랑인 줄 알았던 거다.

>
바다를 건너다 그냥 지쳐버릴

나비가 될 수 있다는 것도 몰랐던 거다.

바다가 왜 파란 줄도 몰랐던 거다.

아무리 거칠게 날갯짓을 해도

가 닿지 않을 사랑이 있다는 것을

젖은 날개가 다 찢긴 뒤에야 깨달았던 거다.
— 「바다와 나비와 사랑」 전문

　"내가 죽고 네가 피"는 일이 얼마든지 일어나는 현실은 사랑의 낭만적 성취를 허용하지 않는다. 그런데 어쩌면 사랑이야말로 한 존재가 지금-여기에서 끌어안는 모든 노력과 가능성을 간단히 무효로 만드는, 누구도 피해가기 어려운, 가장 가혹한 삶의 장치일 수 있다. 사랑이라는 장치는 평생의 열망과 수고를 헛된 것으로 귀결시키면서 존재의 내부에 파열을 일으킨다. '당신'도 사랑의 이러한 무심한 작동 방식에서 예외일 수는 없다. 더 정확히는, 사랑의 무심한 작동을 유발하는 이는 바로 '당신'이다. "파도소리는 저 파도가/ 우는 소리가 아니다.// 아득히 먼 곳에서/ 저 파도를 밀어낸 당신이/ 우는 소리다."(「파도치는 사람」) 당신에게 끝내 가 닿지 못한, 파열된 이후의 사랑은 수습 불가의 그리움으로 출렁인다. "파도는 막아도/ 마음은 열어야 한다./ 대책 없이 밀려드는 그리움을/ 가슴에 그냥 사무치게 하는 거다."(「방파제에서」) 박덕규가 '너'에게 "날 두고 가라"고 선언-명령하는 자리는 사랑이 그 파국을 드러내는 동시에 새로운 이행을 시작하는 곳이다. "헤엄도 못 치면서/ 헤엄쳐 가는 것만이 사랑인 줄 알았던" 내가 난파 끝에 깨달은 것은, 파도는 막아도 마음은 열어야 하며, 밀려드는 그리움은 가슴에 그냥 사무치게 하는 것이라는 사랑의 현실-사실 혹은 진실이다. 그리고 생활.

> 시월에 빙하의 하늘에 별이 돋듯이
> 시월에 적도의 끝에 구름이 머물 듯
> 시월에 나는 논문을 쓴다.
>
> 시월에 배반의 아픔을 머금고
> 시월에 예언의 시를 읊으며
> 시월에 나는 논문을 쓴다.
>
> 시월에 이렇게 온 것처럼
> 시월에 이렇게 떠나가듯이
> 시월에 나는 논문을 쓴다.
>
> ―「시월 논문」 부분

사랑의 현실-사실-진실에서 난파한 '나'는, 그리고 생활인인 '나'는 시월에 별이 돋듯 구름이 머물 듯 배반의 아픔을 머금고 예언의 시를 읊으며 연구실적을 채우기 위해 논문을 쓴다. "시월에 이렇게 온 것처럼/ 시월에 이렇게 떠나가듯이/ 시월에 나는 논문을 쓴다." 나의 논문 쓰기는 사랑과 생활 사이에서, 빙하와 적도 사이에서, 배반과 예언 사이에서, 도착과 떠남 사이 등등에서 표류하는 일과 같다. 박덕규는 이렇게 현실의 바다에서 떠도는 '나'를 사적인 차원에서 공적인 차원으로 확장한다. 박덕규는 특히 국가와 국가의 장소의 차이와 과거와 현재의 시차 사이에서 표류하는 한인들의 구체적인 삶에 주목하는데, 그들의 이야기를 '나'를 주어로 하여 다음과 같이 다시 쓴다.

나는 한국계이고 싶다.
오년이나 십년에 한 번만
한국에 가고 싶다.

부모님 중 한 분이 돌아가시는데도
귀국 항공권을 못 끊고
혼자 눈물짓는 사람이 되고 싶다.

해변을 걷다가 갑자기
저 파도 너머로 터져나가는 소리를
두 손으로 틀어막고 싶다.

내 죽은 유해로 한국으로 돌아가다
남해 먼바다나 아니면 백령도 해상쯤에서
아주 허우적거리고 싶다.

　　　　　　　　　　　　　　— 「국적」 전문

　떠돌이의 삶은 어디에 도착하는 것을 목적으로 하
지 않는다. 떠돌이의 문학 역시 그러할 것이다. 이 시
에서 '나'는 한국인이 아니라 "한국계이고 싶"고, 한국
에 돌아가는 것이 아니라 "부모님 중 한 분이 돌아가
시는데도/ 귀국 항공권을 못 끊고/ 혼자 눈물짓"거나,
"내 죽은 유해로" "남해 먼바다나 아니면 백령도 해상
쯤에서/ 아주 허우적거리고 싶"다는 소망을 서술한다.
두 가지 의미로 해석할 수 있겠다. 첫째는 이 시의 이
야기를 시인 박덕규의 떠돌이 기질과 지향성이 녹아
있는 문맥 그대로의 소망으로 읽는 것이다. "나는 국
경을 베개 삼아 누울 거야./ 거기서 천천히 숨을 거두
는 거지./ 늑대가 와서 고개를 갸웃하겠지./ 이 친구는
어디서 살다온 놈이지?/ 독수리는 기다리다 못해 꺽꺽

거리겠지./ 그 녀석 집이 원래 거기였다구!"(「유목민」)
떠돌이는 삶만이 아니라 죽음마저도 '국경'의 경계에
서 맞이하기를 원한다. 그가 속한, 또한 속하고 싶은
단 하나의 나라는 없기 때문이다. 떠돌이를 위한 나라
는 없다. 박덕규는 이 사실을 누구보다 잘 알고 있다.

두 번째는 이 시를 해외 한인 동포들의 고달픈 삶
을 '나'의 '소망'의 형태로 역전한 것으로 읽는 것이다.
이 독법은 한인들의 삶을 그린 다른 시들에 의해 지지
를 받는다. 1966년에 죽은 아버지 유골을 한국에서 5
년 전에 가져온, 엄마가 백세 살에 돌아가신, 이국에
서 늙은 딸의 삶을 그린 「유토피아에 살다가 - **최경희
시인에게**」, "한 시절 이민가방에 묻어 이곳까지 온/ 디
아스포라의 후예?"인 나비가 날아다니는 한인 동포의
집을 그린 「나비의 사랑」, 고려 개국공신의 후손인 한
국인 문 사장, 탈북자 전 씨, 독일계 일본처녀 산타 마
리코 등이 얽힌 글로벌한 해프닝을 다룬 「서너 사람의
글로벌한 관계」 등이 그 예들이다. 이 두 개의 독법을
연결하는 고리 역할을 하는 시들도 있다. 「마지막 모
국어」는 어머니가 돌아가시기 전날 중환자실에서 면회
가 끝나갈 때의 일을 스케치한다. "어디 가여?/ 하고 어
머니가 희미하게 물으셨"고 "갔다 와여/ 하고 내가 손
을 빼"었는데, "이후로 나는/ 고향말로 대화한 적이 단

한번도 없다."는 것이다. 어머니와의 마지막 대화가 고향말/모국어로 한 마지막 대화였다는 발상은 국외자의 것이다. 시 「국적」 역시 박덕규가 해외 거주 한인 동포들의 삶을 그들과 같은 타자로서나 혹은 그들에 매우 근접한 위치에서 이야기하고 있음을 잘 보여준다.

박덕규는 한국의 정치·사회 현실에 대해서도 적극적으로 발언하는데, 주로 위트와 풍자의 화법을 통해서다. 시 「태극기 휘날리며」는 새 정부에 입각을 암시하는, "유 장관한테 전화 받는 꿈"을 꾸고 청문회에서 생길 일을 상상하면서 자기 풍자를 통해 부정부패한 정치인들과 왜곡된 세태를 비판한다.

한때 신랄하게 정부 비판을 하던 일이야 이념 전향한 걸로 하면 되는 거고.

내가 육군 병장 출신인 데다 순 국내파 아들은 확실한 청각질환으로 사회복무요원이 됐으니 병역 비리 같은 건 생길 수가 없지.

숨은 재산은 차제에 좀, 어디 숨어 있던 게 제발 좀 나왔으면 좋겠고. 논문 표절? 그건 걸릴 게 없어. 남의 걸 출처 밝혀서 인용하는 데는 우리 아주 이골이 난 사람들 아냐?

십수 년째 한 번도 국민투표를 하지 않은 건, 누가 알게 뭐냐. 알더라도, 정치 혐오감 때문이었다고 당당히 밝히지 뭐. 이번에 국민들에게 사랑받는 정부를 만드는 데 일조하겠다고 하면 도리어 호감을 얻지 않겠어? 연이은 부도로 해외에서 떠돌아다니고 있는 동생 얘기는 아예 먼저 밝혀서 우리나라의 악화된 경제 사정을 강조할 소재로 삼으면, 전화위복도 기대할 수 있을 테고.

[……]

봄은 오고 빚은 깊어지는데 말이야,
입각이고 뭐고 그냥
태극기 휘날리며 어디론가 날아가고 싶더라구.
— 「태극기 휘날리며」 부분

세태를 자세히 관찰하고 묘사하는 고현학적 방식은 박덕규가 지닌 서사적 안목과도 관련이 있는 것으로 보인다. "이 세상에 시가 제대로 남아 있기라도 한 건가 하는 의문이 드"(「시 없는 세상에 살면서」)는 세상에서 시적 상상력은 산문의 디테일을 빌려오지 않고서는 발휘되기 어려운 측면이 있다. 병역 비리, 논문 표절,

금전 문제, 갖가지 불법 등의 비도덕적이고 비윤리적인 일들이 사회 지도층에서 횡행하고, 하나의 사실과 사건에 대한 정확한 판단이 갈수록 힘들어지고 가치관 또한 빠르게 변화하는 현실은 이미 "시 없는 세상"이 된 것인지도 모른다. 그런데 시가 없는 세상은 바로 그 이유에 의해 시가 쓰여져야 하는 세상이기도 하다.

이렇게 쓰인 시들 가운데 박덕규 자신의 '상상적 체험'이라 할 만한 시 「은근하게 치열하게 - **넥타이 1**」은 그가 서 있는 '경계'가 "품격과 속박 사이의 아득한 감각"에 의해 지탱되고 있음을 보여준다.

반지하에 살 때 한 번 물난리를 맞은 적 있지요.
부도가 나서 돈 되는 가재도구를 다 날린 적도 있고요.
책이며 옷이며 두 트럭씩 팔려나간 적 있어요.
카드 깡으로 쌓인 빚을 사채로 막은 적도 있었지요.

그래도 끝내 곁을 떠나지 않는 것들이 있더군요.
팔기도 주기도 버리기도 뭣한 것들이랄까요.
이것들의 추억이 뱀처럼 엉겨 날 감싸더라고요.
더구나 하나둘씩 새로 늘어나기까지 하더라고요.

>
매일 아침 거울 앞에서 거울 앞에서
다른 때깔 다른 문양을 골라 매고 서서
매듭은 목젖까지 깔끔하게 조여 올리고
끝은 허리띠에 닿을 듯 말 듯 늘이죠.

은근하게 치열한 이유를 이제 아시겠어요?
품격과 속박 사이의 아득한 감각이랄까요.
거의 유일하게 지속적인 사치라 해도 좋고요.
이게 무너지면 모든 게 끝장이니까요.
　　　　　　　　— 「은근하게 치열하게 - **넥타이 1**」 전문

　이 시에 따르면, 박덕규의 시는 현실과 문학 사이,
시와 산문 사이, 품격과 속박 사이의 아득한 간극과
"뱀처럼 엉켜" 있는 접점을 "은근하게 치열하게" "매
고" "깔끔하게 조여 올리고" "닿을 듯 말 듯 늘이"는,
"거의 유일하게 지속적인 사치라고 해도 좋"은 삶의
기술 속에서 탄생한다. 박덕규가 발견한 바에 의하면,
"팔기도 주기도 버리기도 뭣한 것들"이야말로 삶의 온
갖 난리와 시련 속에서도 "끝내 곁을 떠나지 않는 것
들"이다. 그런데 시는, 시야말로 바로 이런 것이 (되어
야 하는 것) 아닐까. 팔기도 주기도 버리기도 뭣하지
만 끝내 곁을 떠나지 않는 것들로 남아 한 사람의 일생

을 지탱하고, 하나의 세계를 떠받치는 것. 그동안 '시'라고 불려온 것들에는 정작 이런 의미가 내포되어 있던 것인지도 모른다. 이 '시'를, 그리고 '시'를 쓰는 마음을 박덕규는 세상 여기저기를 떠돌면서 삶과 현실의 바닥에 부딪히자마자 치솟아오르는, 그와 동시에 끊임없이 삶과 현실의 바닥을 향해 두려움 없이 떨어져 내리는 폭포의 형상으로 압축하고, "저 아득한/ 먼지 속으로// 나는/ 쌓여 가는" '먼지'의 여정으로 요약한다. "시 없는 세상"에서 박덕규가 쓰는 시는 은근하게 치열하게 "시를 찾아" 떠돌고 유목하는 삶의 길과 같은 경로를 밟는다. 다음은 그 궤적들의 목록인데, 박덕규가 시를 찾아 헤매는 길들을 고스란히 보여준다. 박덕규의 다음 시들도 이 길의 어딘가에서 지금 그리고 이미 쓰이고 있는 중일 것이다.

1
막다른 골목 외등 아래
저 혼자 저항하는 그림자.

2
몰래 동심원 퍼뜨리고
시치미 떼고 있는 호수.

>
3
잡아먹기 난처한 사냥물을
향한 거미의 눈.

4
낯선 여행지를 떠돌다 돌아와
마침내 쏟아놓은 똥 무더기.

　　　　　　　　　　　　　—「시를 찾아서」전문

수록작품 발표 지면

「감꽃」, 『신생』 2018년 가을호

「개구리 울 때」 *미발표

「곰곰 – **최정자 시인에게**」, 『시와사람』 2016년 겨울호

「국적」, 『문학과비평』 2018년 봄호

「그 숲을 생각하며 – **이홍섭 시인에게**」, 『시와사람』 2019년 가을호

「까마귀」, 『크리스천 문학』 2015년 여름 창간호

「꽃」, 『미네르바』 2019년 겨울호

「꽃잎의 여자」, 『계간문예』 2015년 여름호

「나는 소녀를 사랑한다」, 『문학선』 2017년 봄호

「나무의 꿈」, 『미네르바』 2016년 봄호

「나비의 사랑」, 『시와사람』 2018년 여름호

「나이테」, 『서정시학』 2018년 봄호

「날 두고 가라」, 『시인동네』 2017년 12월호

「낮달 – **김수복의 「대낮」을 보고**」 *미발표

「눈의 여왕」, 『계간문예』 2019년 가을호

「뉴스가 흐를 때」, 『시와표현』 2016년 12월호

「단풍」, 『착각의시학』 2015년 겨울호

「담배 피우는 소녀」, 『서정시학』 2018년 봄호

「독서 2」, 『시인시대』 2017년 가을호

「등이 아픈 사랑」, 『발견』 2015년 봄호

「마지막 모국어」, 『계간문예』 2018년 여름호

「맑은 날」, 『문학에스프리』 2015년 가을호

「모래밥」, 『착각의시학』 2016년 겨울호

「바다와 나비와 사랑」, 『문학과비평』 2018년 봄호

「바닥에서」, 『크리스천문학』 2015년 여름 창간호(원제 「바닥」)

「방파제에서」, 『문예연구』 2015년 가을호

「봄」, 『서정시학』 2018년 봄호

「부모형제」, 『서정시학』 2018년 봄호

「사랑손님과 별」 *미발표

「사랑의 맹세」, 『미네르바』 2016년 봄호

「상주 곶감」, 『시와사람』 2018년 여름호

「새가 날아간 뒤」, 『마하야나』 2016년 겨울호

「서너 사람의 글로벌한 관계」, 『인간과문학』 2015년 가을호

「손가락이 닮았다」, 『서정시학』 2018년 봄호

「수성벌」, 『착각의시학』 2016년 겨울

「슬픈 시」, 『착각의시학』 2015년 겨울호

「시 없는 세상에 살면서」, 『문학선』 2017년 봄호

「시를 찾아서」, 『인간과문학』 2015년 가을호

「시월 논문」, 『문학에스프리』 2018년 봄호

「온몸으로 아주 온몸으로」, 『계간문예』 2015년 여름호

「욕설하는 청춘」＊미발표

「용인 사람」, 『용인문학』 2017년 하반기호

「유목민」, 『신생』 2018년 가을호

「유토피아에 살다가 - **최경희 시인에게**」, 『시와사람』 2016년
겨울호

「은근하게 치열하게 - **넥타이 1**」, 『문파』 2019년 가을호

「인간의 집」, 『시와사람』 2019년 가을호

「재미없는 사람」, 『서정시학』 2018년 봄호

「전쟁과 평화」, 『문예연구』 2015년 가을호

「정순 씨의 시 낭송」, 『서정시학』 2018년 봄호

「젖은 기억」, 『딩하돌아』 2017년 가을호

「지역구」, 『시와표현』 2015년 6월호

「첫눈 오는 날」＊미발표

「충무김밥」, 『동리목월』 2019년 겨울호

「카인과 아벨」, 『시작』 2015년 봄호

「태극기 휘날리며」, 『시작』 2015년 봄호

「파도치는 사람」, 『딩아돌하』 2017년 가을호

「판소리 - **토끼전 2020**」, 『계간문예』 2019년 가을호

「폭포」, 『서정시학』 2018년 봄호

「**혈서 - 손창섭을 생각하며**」, 『계간문예』 2018년 여름호

「흡연하는 아픔」＊미발표

박덕규

1958년생. 대구에서 성장. 경희대 국문과 졸업. 1980년 『시운동』 창간호에 시를 발표하면서 등단. 1982년 『중앙일보』 신춘문예로 평론가, 1994년 계간 『상상』으로 소설가 함께 활동. 시집 『아름다운 사냥』(문학과지성사, 1984), 『골목을 나는 나비』(서정시학, 2014) 외 여러 소설집, 평론집 등 출간. 이상화시문학상(2015), 서정시학작품상(2018) 등 수상. 단국대 문예창작과 교수 재직 중.

곰곰나루시인선 001

날 두고 가라

초판 1쇄 발행 2019년 11월 20일
초판 2쇄 발행 2020년 1월 10일

지은이 박덕규   **펴낸이** 임현경
책임편집 홍민석   **편집디자인** 육선민   **유튜브 편집** 김선민

펴낸곳 곰곰나루
출판등록 제2019-000052호 (2019년 9월 24일)
주소 서울특별시 양천구 목동서로 221 굿모닝탑 201동 605호 (목동)
전화 02-2649-0609
팩스 02-798-1131
전자우편 merdian6304@naver.com

ISBN 979-11-968502-9-6

책값 9,600원